MW01042927

# La Hormiga Miga, megamaga

## Emili Teixidor

Ilustraciones de Gabriela Rubio

www.literaturasm.com

*Primera edición: noviembre 2006*
*Décima edición: julio 2011*

Dirección editorial: Elsa Aguiar
Coordinación editorial: Gabriel Brandariz
Ilustraciones y cubierta: Gabriela Rubio

© del texto: Emili Teixidor, 2007
© de las ilustraciones: Gabriela Rubio, 2007
© Ediciones SM, 2007
   Impresores, 2
   Urbanización Prado del Espino
   28660 Boadilla del Monte (Madrid)
   www.grupo-sm.com

ATENCIÓN AL CLIENTE
Tel.: 902 121 323
Fax: 902 241 222
e-mail: clientes@grupo-sm.com

ISBN: 978-84-675-1203-8
Depósito legal: M-42424-2010
Impreso en la UE / *Printed in EU*

# 1

Los elefantes estaban enfadados
porque todos los animales de la selva
se les acercaban para pedirles
que les refrescaran con su trompa.

¡Como si su trompa fuera
una ducha que sirviera solo
para refrescar a todo el mundo!

Para arreglar el problema
y evitar más molestias,
la Hormiga Miga convocó
a los elefantes de la selva y les dijo:

—Solo se llamarán elefantes
los que no quieran utilizar la trompa
como ducha. Los que sí quieran
se llamarán elefuentes.

A todos les pareció buena
la solución.

—Así todo el mundo sabrá que hay
elefantes, que son los que no quieren ser
molestados, y elefuentes, que son los
que están dispuestos a limpiar a quien
se lo pida. Elefantes y elefuentes.

# 2

La cebra estaba muy preocupada
y fue a ver a la Hormiga Miga.

–Mi problema es que tengo la piel
llena de rayas negras sobre fondo blanco,
como los pasos de cebra que hay
en las calles.

–Sí, os llamáis igual porque
os parecéis mucho. ¿Cuál es
el inconveniente?

–Que como en los pasos de cebra
los coches han de ceder el paso
a los peatones, los animales del bosque
me pasan por encima porque creen
que mi espalda también tiene paso libre.
Todo el mundo me pasa por encima
y acabo el día cansadísima.

–Te puedes poner dos lentillas rojas
en los ojos, como un par de semáforos
rojos, y así no pasará nadie
si no quieres. Y cuando quieras
que lo hagan, cierras los ojos
y el paso será libre.

–¡Muy bien! –se alegró la cebra.

# 3

El burro estaba muy preocupado.
  –¿Por qué me llaman burro
si soy tanto o más listo que otros?
¿Por qué a los ignorantes les insultan
con mi nombre y les llaman burros?
¿Por qué a los patosos no les llaman
caballo o cigüeña o caracol?
¿Por qué tengo que ser yo
siempre burro?
  La Hormiga Miga lo consoló así:
  –No te preocupes. A todos
los demás les pueden llamar burros,
pero a ti no te pueden insultar.
Si te llaman burro es porque es
tu nombre. Tienes esa ventaja.

# 4

Todos los animales del bosque
se presentaban ante la Hormiga Miga
con sus quejas.

El asno decía que no quería
llamarse asno, era un insulto;
que le solucionara su problema
como en el caso del burro.

–Pues acorta tu nombre
y llámate solo «as»
–le dijo la Hormiga Miga.

—Muy bien —rebuznó el asno—.
Soy el as, el primero.
   —Pero anda con cuidado,
que si rebuznas te llamarán
el as de los asnos.

La serpiente también quería
un nombre nuevo.

–Pues te llamarás «ser» –le dijo
la Hormiga Miga–. Así, cuando te
pregunten qué quieres ser, si quieres ser
dentista, tú dirás ser... diente. Si quieres
ser arquitecto, dirás ser... puente.
Si quieres ser bombera, dirás ser...
ardiente o ser... caliente. Si quieres ser
quejica dirás ser... doliente. Si quieres ser
la mejor, ser... excelente. Si quieres ser
médico, ser... paciente. Si quieres ir de
compras, dirás ser... cliente. Si quieres ser
mentirosa, dirás ser... miente. Ser...
obediente, ser... combatiente, ser... ¡diferente!

La Reina Claudia,
una ciruela muy dulce,
decía que no tenía sentido
que las demás ciruelas
también fueran reinas,
porque reina solo puede haber una.

–Entonces –le dijo la Hormiga Miga–,
que las demás se llamen Condesa Claudia,
Marquesa Claudia, Vizcondesa Claudia,
o Caballeros y Damas Claudias,
según su importancia.

# 5

La Hormiga Miga pegó un grito
que sus amigos se encargaron de repetir
por todo el bosque:

—¡Estoy harta! No quiero dar
más consejos a nadie. ¿Sabéis qué voy
a hacer ahora para que todo el mundo
esté contento con su nombre
y con su suerte?

Los habitantes del bosque no lo sabían
y se quedaron esperando
a que la Hormiga Miga se lo dijera.

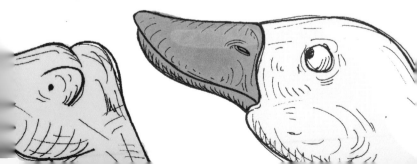

–Como soy tan diminuta,
muchos habitantes del bosque
no me ven, o sea que para muchos
soy invisible. De modo que me será
muy fácil convertirme en...
¡la hormiga mágica, la hormiga
megamaga que puede satisfacer
todos los deseos! ¡La hormiga invisible
que puede convertir en realidad
todos los sueños!

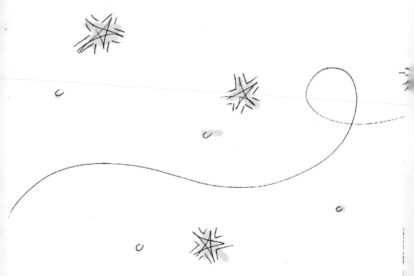

Los habitantes del bosque
aplaudieron, contentos.

–Pero... –levantó la pata
la Hormiga Miga–, siempre hay
un pero para que se cumplan
los deseos y se realicen los sueños,
habrá que cumplir una condición.
Una sola condición, pero
muy importante.

Los habitantes del bosque quisieron
saber cuál era la condición.

–La condición es que
cuando yo me acerque en secreto
a cualquier habitante del bosque,
él deberá estar expresando
sus deseos de un modo alegre
e ilusionado. Si lo atrapo callado
y triste y encolerizado,
como no sabré qué desea,
pasaré de largo y ni me verá,
porque yo iré a escondidas,
disfrazada y casi invisible
para algunos.

–Entonces tendremos que estar todo el tiempo mostrando nuestros sueños –dijeron los habitantes del bosque.

–Así es –afirmó la Hormiga Miga–, y además, contentos e ilusionados.

Al día siguiente, los habitantes
del bosque aparecieron alegres
y llenos de esperanza.
Todos expresaban en voz alta
sus ilusiones.

−¡Quiero volar más alto y más rápido!
−cantaban los pájaros.

–¡Quiero lanzar el perfume
más agradable del mundo! –decían
las flores–. ¡Y mostrar los colores
más hermosos!

–¡Quiero ser el más valiente
del mundo! –exclamaban
los fuertes.

–¡Quiero comer los manjares
más exquisitos! –decían
los comilones.

–¡Quiero dormir todo el tiempo
sin ser molestado! –pedían
los holgazanes.

Y ocurrió que, al repetir cada
día sus ilusiones, los deseos
se volvían más fuertes y, sin que
la Hormiga Miga hiciera nada,
solo con la fuerza del deseo,
unos volaban más alto y más rápido,
otros olían mejor, otros eran más
valientes, otros encontraban
más gusto en la comida
o descansaban más tranquilos.

–Pensar siempre en lo que
queremos –dijo la Hormiga Miga–
es ya algo mágico y nos acerca
a nuestra meta.

# 7

Pero no todos los habitantes
del bosque se contentaban
con deseos tan sencillos.

Había algunos más atrevidos
y soñadores, que pedían deseos
muy difíciles de conseguir.

Por ejemplo, el camaleón quería
cambiar de color a su gusto,
y no adoptar el color del lugar
donde estaba sin que ni él mismo
lo notara, como les ocurría a los
camaleones desde siempre.

43

–Eso es fácil –dijo la Hormiga
Miga cuando escuchó su deseo–.
No tienes más que ponerte en el sitio
con el color que te guste y huir
de los lugares con los colores
que te disgusten.

–Es verdad –dijo el camaleón–.
No se me había ocurrido.

Un gorrión que acababa de salir
del cascarón gritaba:
    —¡Quiero ser mayor, quiero ser mayor!

La Hormiga Miga llamó
a un gorrión adulto, ligero y amable,
junto al nido del gorrioncito.

–¿Quieres ser como este?
–le preguntó.

–¡Sí! –exclamó el pequeño.

–Pues fíjate bien en él,
fíjate en las cosas que te gustan
y en las que no te gustan,
y dentro de poco serás
no solamente como él,
sino mucho mejor que él.

El pájaro del paraíso estaba triste.

–¿Cómo puedes estar triste si eres
el pájaro más bello del mundo?
–se extrañó la Hormiga Miga.

–Estoy triste porque soy el más
hermoso, pero no lo sabe nadie.

–Pondremos altavoces y carteles
por todas partes proclamando que eres
el más precioso de todos. ¿Satisfecho?

Cuando se supo que el pájaro
del paraíso era el más bello
del mundo, todos quisieron
contemplar su belleza y su nido
se llenó de curiosos y admiradores
que no le dejaban tranquilo
ni un momento.

También ocurrió que los demás
pájaros, y muchos que no eran
pájaros, quisieron ser tan bellos
como él, y se tiñeron con sus colores,
se pegaron plumas más largas
a sus alas y a su cola para resultar
vistosos, imitaron su canto...
En fin, que el bosque se llenó
de pájaros del paraíso
y casi nadie era capaz
de distinguir el verdadero
de los falsos.

Y por último pasó que, con tantos
imitadores, se veían pájaros del paraíso
en cualquier parte y todos estaban
hartos de tanto colorido y tanto
plumaje, así que decidieron que
ya no les gustaba, que no querían
ver más pájaros del paraíso.

–¡No puedo soportarlo! –exclamó el
pájaro del paraíso, más triste que antes–.
¡Quisiera volver a ser único!

–Ahora eres muy conocido
–le dijo la Hormiga Miga–,
pero el peso de la fama te aplasta
y no te deja volar con libertad.

# 10

La Hormiga Miga, en sus paseos
por el bosque, pasaba siempre al lado
de un nogal muy bonito.

Miga se dio cuenta de que el nogal
cada día aparecía un poco más alto
y más lozano.

–¿Cómo es que has cambiado tanto?
–le preguntó–. Hace poco eras pequeño
y debilucho. ¿Es que gritas cada día muy
fuerte que quieres ser más alto y más
frondoso, y esta fuerza te hace crecer?

–Sí –le dijo el nogal–, pero también
trabajo mucho para lograr que salga bien
lo que quiero. Cuando sopla el viento,
me agarro a su fuerza para que me
arrastre hacia arriba aunque me duela;
cuando llueve, abro bien todas mis hojas
para regarlas, aunque me moje;
cuando noto la savia, que es la sangre
de los árboles, corriendo por mi interior,
aprieto el tronco con fuerza
para mandarla hacia arriba aunque
me duela la corteza...

–Muy bien –aplaudió la Hormiga
Miga–. El deseo es mágico porque tiene
mucha fuerza, pero todavía se hace más
fuerte si lo ayudamos trabajando como
valientes. El deseo empujado es
megamago, como yo soy megamaga.

Y la Hormiga Miga continuó su paseo por el bosque.

# ¿QUIERES LEER MÁS?

¿TE LO HAS PASADO BIEN CON LAS AVENTURAS Y OCURRENCIAS DE LA **HORMIGA MIGA?** Entonces no te pierdas el resto de sus libros. En El Barco de Vapor tenemos un montón de historias protagonizadas por este simpático personaje.

*LA AMIGA MÁS AMIGA DE LA HORMIGA MIGA*
*LA HORMIGA MIGA SE DESMIGA*
*CUENTOS DE INTRIGA DE LA HORMIGA MIGA*
*Emili Teixidor*
*EL BARCO DE VAPOR, SERIE AZUL, N.ᵒˢ 74, 86 y 104*

UNA DE LAS MEJORES CUALIDADES DE LA HORMIGA MIGA ES QUE QUIERE QUE SUS AMIGOS ESTÉN SIEMPRE RIENDO. REÍR ES MUY IMPORTANTE, QUE SE LO DIGAN A ENRIQUE, EL PROTAGONISTA DE **LAS SONRISAS PERDIDAS**, que se embarcará en toda una aventura para intentar encontrar su sonrisa.

*LAS SONRISAS PERDIDAS*
*Begoña Oro*
*EL BARCO DE VAPOR, SERIE BLANCA, N.º 110*

¿SABES QUE MIGA NO ES LA ÚNICA HORMIGA QUE TENEMOS EN EL BARCO DE VAPOR? TAMBIÉN ESTÁ DOÑA BARRIGA, QUIEN, EN **EL HUEVO MÁS FAMOSO DE LA CIUDAD**, intentará junto a otros animales convertirse en la visitante un millón de dicha ciudad.

*EL HUEVO MÁS FAMOSO DE LA CIUDAD*
*Juan Carlos Chandro*
*EL BARCO DE VAPOR, SERIE BLANCA, N.º 92*

SI LO QUE MÁS TE HA GUSTADO DE ESTA HISTORIA DE LA HORMIGA MIGA ES LA CANTIDAD DE ANIMALES QUE APARECEN EN ELLA, **LA FUERZA DE LA GACELA** es tu libro, porque cada página está repleta de animales selváticos. Aunque, eso sí, no lo van a pasar muy bien por culpa de un tigre con malas pulgas...

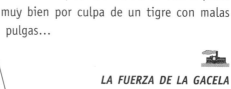

*LA FUERZA DE LA GACELA*
*Carmen Vázquez-Vigo*
*EL BARCO DE VAPOR, SERIE BLANCA, N.º 14*